Petits amis, en ouvrant ce livre, vous allez découvrir un petit pays très attaché à ses traditions, le pays de Bitche.

Prenez une carte de France et cherchez le département de la Moselle. Vous y êtes ! Regardez ! Tout à fait à l'est, près de Sarreguemines, coincé entre la frontière allemande et le département du Bas-Rhin, voici le pays de Bitche, région bien isolée, un peu à l'écart et restée fidèle très longtemps à ses particularités. Ici, on parle le français et l'allemand, et encore, surtout dans les villages, le patois qui vient du francique, la langue que parlait Charlemagne.

Après un siècle de souffrances et d'invasions, le pays de Bitche est rattaché à la France en 1766, avec l'ensemble du duché de Lorraine. La guerre de 1870 donne le département de la Moselle et les deux départements alsaciens à l'Allemagne. Ils redeviennent français en 1918, après la Première Guerre mondiale. La Seconde Guerre mondiale qui éclate en 1939 amène une nouvelle annexion par l'Allemagne. Au printemps de 1945, ces départements sont à nouveau français.

Depuis, au pays de Bitche, les habitants n'ont plus besoin de naître soldats pour défendre leur région.

Les habitudes ont évolué, les mentalités ont changé, et bien des traditions se sont perdues. Celle des veillées, par exemple. Pendant les longues soirées d'automne et d'hiver, on se racontait de vieilles histoires transmises de père en fils, de mère en fille, des contes inventés par l'imagination populaire ou inspirés par les horreurs et les misères vécues. Dans ces histoires vibre l'âme de la population et s'expriment ses rêves, ses craintes, ses convictions et ses nostalgies.

C'est une partie de l'âme secrète des gens du pays de Bitche que vous allez découvrir dans ces trois contes.

Le premier raconte l'histoire de Nicette que tout le monde croyait muette et idiote, le deuxième celle d'un jeune homme si paresseux qu'il se donne au diable. Quant au dernier, eh bien vous y découvrirez comment un moineau farceur vient à bout d'une horrible grand-mère.

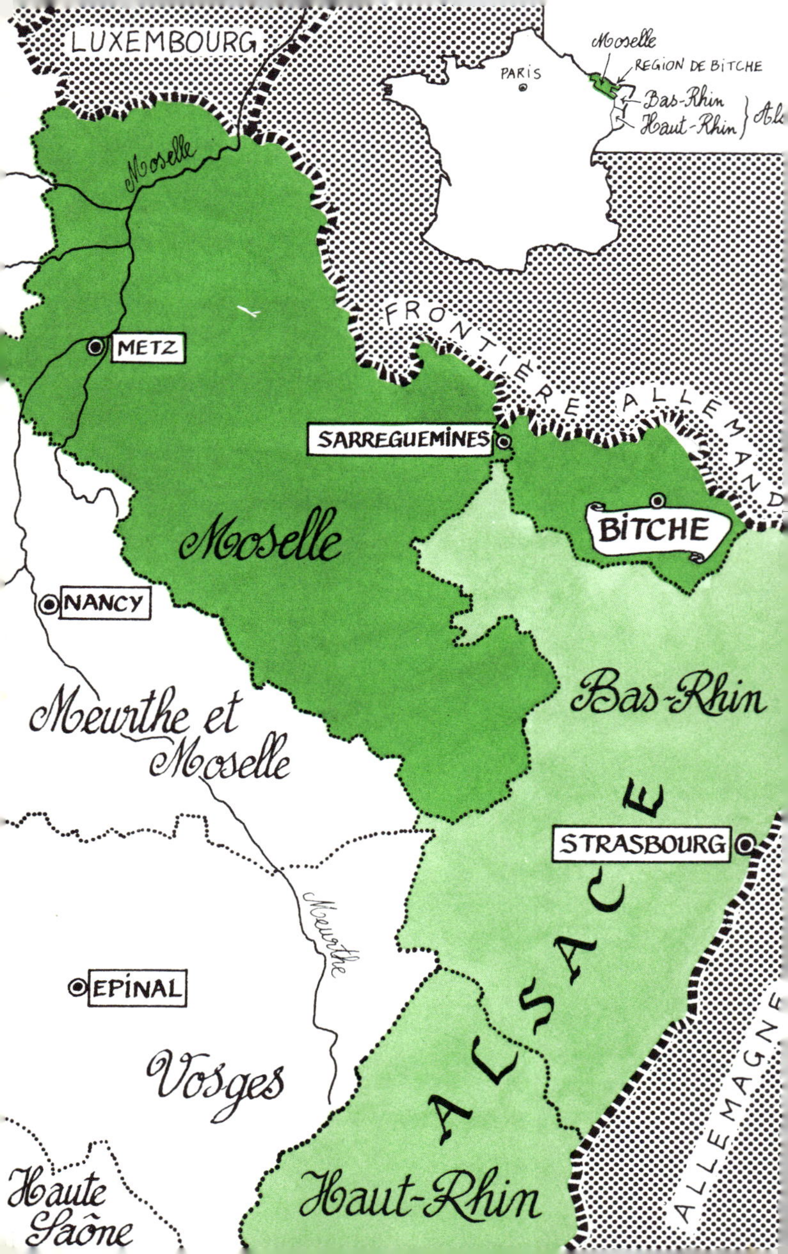
LUXEMBOURG
Moselle
REGION DE BITCHE
PARIS
Bas-Rhin
Haut-Rhin
Moselle
FRONTIÈRE ALLEMANDE
METZ
SARREGUEMINES
BITCHE
Moselle
NANCY
Bas-Rhin
Meurthe et Moselle
STRASBOURG
ALSACE
Meurthe
EPINAL
Vosges
ALLEMAGNE
Haute Saône
Haut-Rhin

La Fille du Roi des pois

Il était une fois une pauvre femme, qui avait perdu tous ses parents. Elle eût bien désiré avoir un enfant ; « au moins avec un enfant, se disait-elle en elle-même, je ne resterais plus toute seule dans le monde ; quand mon enfant serait grand, il travaillerait pour moi, et, sur mes vieux jours, je ne me verrais pas réduite à mendier. »

Un jour que la bonne femme était dans les champs à cueillir des pois, elle vit une grande cosse qui remuait sur sa tige, quoiqu'il ne fît pas de vent ; elle la prit, l'ouvrit, et, houp ! le petit Roi des pois lui sauta dans les bras. La femme eut bien peur, mais le Roi des pois lui dit :

« Rassure-toi, je connais ton désir ; tu auras un enfant, un enfant plus beau que le jour. Mais songe bien à l'élever avec soin, car alors je ne t'abandonnerai jamais. » Cela dit, le Roi des pois sauta de nouveau dans le feuillage, et la bonne femme s'en alla contente et joyeuse.

Quelque temps après, elle eut un enfant ; c'était la plus belle petite fille qu'on pût voir. Et comme la mère se lamentait de n'avoir pas un berceau pour y coucher la pauvre petite, tout à coup elle entendit un bruit dans la chambre, et vit deux petits hommes, tout habillés de cosses de pois, qui traînaient un beau petit berceau tout monté, et rempli de langes, de couches et de tout ce qu'il faut pour bien tenir un enfant. Qu'on se figure la joie de la mère !

La petite fille grandit, et devint chaque jour plus belle. Son entretien ne coûtait pas cher à sa mère, car chaque matin celle-ci trouvait sur une chaise au pied de son lit ce qui était nécessaire à l'enfant. Elle n'eut pas même besoin de s'occuper de sa nourriture ; la petite fille n'avait jamais ni faim ni soif. Quand parfois la mère se réveillait la nuit, elle entendait boire son enfant ; alors elle se dépêchait d'allumer une lumière pour voir ce qui se passait ; mais aussitôt tout avait disparu, et elle ne voyait que sa belle petite fille couchée dans son berceau, toute souriante et léchant de sa petite langue ses belles lèvres roses trempées de lait.

Lorsque la petite fille eut pris ses deux ans, on commença, dans le pays, à parler de sa beauté. Mais une chose paraissait singulière à la mère, c'est que l'enfant, qui souriait toujours, n'avait pas encore dit un seul mot. On craignait qu'elle ne fût muette, et, en effet, elle était muette. Quand sa mère en fut certaine, elle devint bien triste ; mais ensuite elle réfléchit et se dit : « L'enfant ne peut pas avoir tout pour elle ; et après tout, si elle est muette, elle n'en travaillera que mieux plus tard, car elle ne perdra pas son temps à bavarder. » C'est ainsi qu'elle se consola.

Lorsque la petite marcha toute seule, et commença à trottiner hors de la maison, au lieu de rechercher les autres enfants pour jouer avec eux, elle allait s'asseoir seulette au pied d'une haie et faisait signe aux oiseaux qui, aussitôt, venaient en foule, chantant et gazouillant autour d'elle ; alors elle leur répondait par signes, comme si elle les eût compris. D'autres fois elle murmurait quelque chose dans le gazon, et alors apparaissait une masse d'insectes, depuis le cerf-volant jusqu'à

la plus petite chenille, et elle s'entretenait avec eux; quelquefois aussi elle allait tremper ses menottes dans la rivière, et les poissons venaient, l'un après l'autre, se faire caresser. Elle n'aimait pas moins les fleurs; dès qu'elle en apercevait une, elle courait à elle, la baisait et l'approchait de son oreille, comme si la fleur avait eu quelque chose à lui dire. Et on voyait bien que les fleurs l'aimaient aussi, car, quand elle passait auprès d'une fleur,

celle-ci s'inclinait vers elle, jusqu'à ce que la petite fille lui donnât un baiser. Et tout cela paraissait bien étrange à la mère, et plus encore à ses voisins et à ses voisines.

Tant que l'enfant fut petite, tout le monde l'aima pour sa beauté, sa douceur et son charmant sourire. Mais, lorsqu'elle grandit et qu'elle devint encore plus belle, et toujours plus belle, les autres jeunes filles et les femmes en furent jalouses, parce qu'on ne parlait plus que d'elle et de sa beauté dans tout le pays. Mais elles s'aperçurent bientôt, en voyant son singulier manège, qu'elle avait quelque chose de dérangé dans la tête. Alors les jalouses l'appelèrent, en se moquant : *Nicette ;* et, quand elle passait quelque part, elles disaient : « Voyez donc, voilà la Nicette ! » Les méchants petits garçons entendirent ce nom, et le répétèrent ; et bientôt la pauvre fille, qui pourtant ne faisait de mal à personne, ne put sortir sans être

suivie d'une troupe de méchants petits garnements, qui lui criaient : « Nice ! Nice ! voici la Nicette. » Mais cela ne faisait rien à la jeune fille et elle restait toujours d'aussi bonne humeur que si elle ne les eût pas entendus. Cependant ces drôles ne gagnaient guère à faire les méchants ; il était rare qu'il n'arrivât pas quelque anicroche à ceux qui avaient insulté la pauvre Nicette : l'un s'étalait au beau milieu de la boue ; l'autre se mordait les lèvres en mangeant ; celui-ci cassait quelque chose à la maison et recevait de bons soufflets de sa mère ; celui-là avait le cauchemar pendant toute la nuit.

Lorsque Nicette fut devenue tout à fait grande et forte, sa mère lui dit un jour :

« Écoute, Nicette, ce n'est pas le tout que de te promener ainsi à ne rien faire toute la sainte journée. Tu n'as besoin de rien pour toi, c'est vrai, car quelqu'un, je ne sais qui, t'apporte, la nuit, à manger et à boire, et, chaque matin, tu trouves auprès de ton lit tout ce qu'il te faut de plus. Mais moi, personne ne me donne à manger et de quoi me vêtir. Je suis obligée de gagner tout cela moi-même. Tu pourrais bien m'aider un peu à travailler, au lieu de perdre toute ta journée à causer avec les bêtes et les fleurs. » En entendant cela Nicette fut bien triste, et il lui vint de grosses larmes dans les yeux.

Alors sa mère se repentit de lui avoir parlé de travail, et lui dit :

« Eh bien, au nom de Dieu, continue à faire comme devant. » Et Nicette se reprit à sourire, et elle fut toute joyeuse de n'être pas forcée de travailler.

La joie de Nicette ne fut pas longue. Quelque temps après, sa mère se maria avec un méchant avare, qui ne songeait qu'à gagner de l'argent et à entasser des écus. Au commencement il ne dit trop rien, mais au bout de quelques semaines il ne put contenir la colère qui s'amassait dans son cœur, lorsqu'il voyait la jeune fille passer la journée à ne rien faire. Il excita sa mère contre elle.

« Qu'est-ce que c'est que ce train-là, que mène cette fille, qui de toute la journée ne fait rien !

– Mais elle n'a besoin de rien, disait alors la mère.

– Et nous, répondait le mari, n'avons-nous donc besoin de rien ? »

Et il en fut ainsi pendant quelque temps, jusqu'à ce qu'un jour il dit à la mère :

« Je vois bien que toujours tu la défends ; mais cela aura une fin. J'en ai maintenant par-dessus les oreilles, de cette grande oie, qui se traîne toute la journée de-ci de-là sans rien faire. Si elle ne se met pas tout de suite au travail, je la jetterai à la porte de la maison. »

La mère vit bien qu'elle ne pouvait plus résister à son mari ; bon gré mal gré, elle mit une pioche dans la main de Nicette et l'envoya aux champs, avec ordre de piocher un quart d'arpent dans sa journée. Nicette se mit à pleurer, et pourtant elle partit.

Quand elle arriva dans le champ, elle était si fatiguée, si fatiguée, rien que d'avoir porté la pioche, qu'elle se coucha à terre et s'endormit. Il faisait

presque nuit lorsqu'elle se réveilla ; elle se leva tout effrayée, car elle craignait bien d'être battue si elle rentrait à la maison sans que son ouvrage fût fait. Mais, en regardant autour d'elle, elle vit que sa tâche était faite. Le champ avait été pioché pendant qu'elle dormait, et sa pioche était à côté d'elle. Elle revint donc tranquille à la maison, et quand son beau-père lui demanda : « Ton ouvrage est-il fait ? » elle fit signe que *oui*.

À partir de ce moment, elle alla tous les jours aux champs et tous les jours les choses se passèrent ainsi.

Un jour qu'elle dormait couchée dans le champ, le fils du roi passa à cheval. Il avait entendu parler de la beauté de Nicette, mais jamais encore il ne l'avait vue. Quand il l'aperçut dormant, elle lui sembla si belle qu'aussitôt il pensa que ce devait être Nicette, et il se dit : « Il faut que je l'aie pour épouse, ou sinon j'en mourrai de chagrin. »

Mais, quand, revenu au château, il en parla au roi son père, il aurait fallu entendre celui-ci :

« Toi, épouser la Nicette ! une fille muette et idiote ! Es-tu donc fou comme elle ? »

Le prince vit bien qu'il n'y avait rien à obtenir de son père ; mais il n'oublia pas pour cela Nicette. Chaque jour il montait à cheval et il allait jusqu'au champ pour la regarder dormir.

Un jour, l'amour le poussa si fort que, descendant de cheval, il s'approcha de la jeune fille et lui baisa la main. Nicette se réveilla et, apercevant le fils du roi, elle sentit dans son cœur quelque chose qu'elle n'avait jamais senti et elle rougit jusqu'au blanc des yeux. Le prince, voyant cela, remonta à cheval et s'éloigna, mais non sans dire à la jeune fille :

« Ô Nicette, ma Nicette ! si seulement tu n'étais pas muette et idiote, le roi mon père ne s'opposerait pas à notre mariage ! »

Nicette ne se rendormit pas ; il lui vint à l'esprit toute sorte de pensées et elle ne songeait plus qu'au beau prince. Vers le soir, elle jeta les yeux sur son champ ; elle le vit pioché comme les jours précédents et sa pioche à côté d'elle ; elle prit sa pioche et revint à la maison. Quand elle entra, le père dit à la mère :

« Qu'a donc la folle aujourd'hui ? Elle ne sourit pas comme à l'ordinaire et elle paraît toute soucieuse. » Alors la pauvre mère eut le cœur serré, car elle pensait que le travail était la cause de cette tristesse ; mais elle n'osa rien dire, parce qu'elle craignait la colère de son mari.

Le lendemain matin, avant même qu'on le lui dît, Nicette prit sa pioche et se rendit bien vite aux champs sans plus saluer un seul oiseau sur le chemin, sans regarder une seule fleur. Elle s'assit dans l'herbe, et, au lieu de s'endormir, elle regarda toute pensive le chemin par où, la veille, était venu le fils du roi.

Vers midi le prince passa ; mais, voyant que Nicette ne dormait pas, il n'osa s'arrêter ; il lui fit seulement signe de la main en lui disant de loin :

« Ô Nicette, ma Nicette ! si seulement tu n'étais pas muette et idiote, le roi mon père ne s'opposerait pas à notre mariage. »

Alors Nicette devint encore plus triste, et elle se dit dans son cœur : « Pourquoi donc suis-je muette et idiote ? » Et elle resta là, assise, jusqu'au soir, où elle s'en retourna à la maison.

Pendant la nuit, sa mère se réveilla et elle entendit comme à l'ordinaire qu'on donnait à manger et à boire à sa fille ; mais elle fut bien étonnée d'entendre en même temps des voix semblables au bruit des pois dans les cosses sèches, qui murmuraient tout doucement : « Ô fille du Roi des pois, n'es-tu donc pas heureuse avec nous ? » Elle alluma une lumière pour voir ce que c'était, mais, quand on y vit clair, tout avait disparu.

Le jour suivant Nicette retourna aux champs pour attendre le prince ; il vint à cheval et passa comme la veille en disant :

« Ô Nicette, ma Nicette ! si seulement tu n'étais pas muette et idiote, le roi mon père ne s'opposerait pas à notre mariage. »

Et quand elle le vit s'éloigner, elle se dit : « Si seulement je n'étais pas muette et idiote ! » Et pendant la nuit sa mère se réveilla encore, et elle entendit les mêmes voix qui murmuraient : « Ô fille du Roi des pois, pourquoi veux-tu nous abandonner ? n'es-tu donc pas heureuse avec nous ? Te manque-t-il quelque chose ? Nous t'avons allaitée, nous t'avons nourrie avec amour ; ô fille du Roi des pois, ne nous abandonne pas ! »

Le lendemain Nicette retourna encore aux champs, et quand de loin elle vit venir le prince, elle se prit les cheveux avec désespoir et dit en elle-même : « Non, je ne veux plus rester muette et idiote ! » Mais à peine avait-elle eu cette pensée qu'elle entendit un bourdonnement dans ses oreilles, et vit un brouillard devant ses yeux. En même temps les oiseaux qui l'entouraient s'envolèrent à tire-d'aile ; les insectes se cachèrent dans l'herbe ; les fleurs qui étaient inclinées vers elle se redressèrent, et Nicette n'était plus ni muette ni idiote. Lorsque le prince, arrivant près d'elle, lui dit : « Ô Nicette, ma Nicette ! si seulement tu n'étais pas muette et idiote ! » elle répondit : « Muette et idiote ? je l'ai été. »

Alors le prince fut tellement saisi, tellement saisi de joie, qu'il pensa en perdre l'esprit. Il pressa Nicette sur son cœur et la conduisit au château, où le vieux roi, la voyant si belle, et

reconnaissant qu'elle n'était plus muette ni idiote, permit à son fils de l'épouser.

Nicette fut bien heureuse. Maintenant elle mangeait et buvait pendant le jour comme tout le monde, car la nuit les petits hommes des pois ne lui apportaient plus rien. Pourtant elle se sentait parfois un peu triste parce qu'elle ne pouvait plus s'entretenir avec les oiseaux et les insectes, qui maintenant fuyaient devant elle. Mais ce regret lui passa à la naissance de deux enfants jumeaux, un garçon et une fille qu'elle eut quelques mois après, et qui étaient aussi beaux que leur mère. Ce fut alors qu'il y eut grande joie au château, depuis le vieux roi jusqu'au dernier valet d'écurie. Mais le plus heureux de tous, c'était le prince, époux de Nicette. Quinze jours durant il y eut fête et réjouissance dans le pays, pour la naissance de ces beaux enfants.

Mais, quelques semaines après, le prince étant entré un matin dans la chambre de la reine pour embrasser ses enfants, que voit-il !... la petite fille était disparue et son berceau vide ! Il réveilla Nicette :

« Notre petite fille ! qu'est devenue notre petite fille ? » Mais Nicette n'en savait rien, et tous deux pleurèrent amèrement. On chercha l'enfant par tout le château, par tout le pays ; mais personne ne sut ce qu'elle était devenue : elle était perdue, bien perdue. Pour empêcher que le petit garçon ne disparût comme sa petite sœur, le prince posta jour et nuit des sentinelles aux portes et sous les fenêtres de la chambre de la reine. Mais en vain ; quelques jours après, le petit garçon fut aussi enlevé. Il y eut alors au château une désolation comme on n'en avait jamais vu de pareille.

Le méchant beau-père de Nicette,

quand il apprit ce malheur, alla trouver le prince et lui dit :

« Sans doute la jeune reine est sorcière ; elle aura mangé ses enfants. »

En entendant ces mots, le prince entra dans une grande fureur ; autant il aimait Nicette auparavant, autant il la détesta. Il donna ordre de l'enfermer dans une haute tour abandonnée, et de l'y laisser sans boire ni manger, jusqu'à ce qu'elle déclarât ce qu'étaient devenus les enfants. La pauvre reine se laissa enfermer sans se plaindre ; il lui était indifférent de mourir car elle avait

perdu ses enfants ; mais ce qui augmentait son chagrin, c'était de penser que le prince la croyait coupable d'avoir mangé ses pauvres petits enfants.

Le lendemain, le prince envoya deux domestiques lui demander ce qu'elle avait fait des enfants ; mais elle ne put leur répondre que par des pleurs, et ils retournèrent dire au prince :

« Elle ne veut pas l'avouer. »

Le prince les envoya de nouveau le jour suivant, pensant que la faim et la soif la forceraient à parler. Ils revinrent avec la même réponse, et il en fut de même huit jours de suite.

Alors le prince se dit : « Il est bien extraordinaire qu'elle ne soit pas encore morte de faim ; il y a là un mystère que j'éclaircirai. » Et il mit des sentinelles à la porte de la tour pour guetter ce qui se passait. Mais voilà que vers minuit les sentinelles entendent dans la prison de la reine un murmure pareil au bruit des pois dans les cosses sèches, et des voix qui disaient :

« Ô fille du Roi des pois ! ce que tu souffres, ton père l'a souffert, lorsque tu l'as abandonné. »

Au matin les sentinelles rendirent compte au prince de ce qu'elles avaient entendu. Cela lui parut étrange, et il leur commanda de veiller encore la nuit suivante.

Vers minuit, les sentinelles entendirent les mêmes voix qui disaient :

« Ô fille du Roi des pois, ce que tu souffres, ton père l'a souffert, quand tu l'as abandonné. Quitte le prince et reviens à ton père. »

Et la jeune reine répondit : « Comment pourrais-je quitter le prince ? »

Quand le matin fut venu, les sentinelles redirent cela au prince, qui leur répondit : « Je verrai cela par moi-même. Cette nuit j'irai veiller avec vous. » Il y alla donc, et, vers le milieu de la nuit, comme il était aux écoutes à la porte de la tour, il entendit à l'intérieur les voix qui disaient :

« Ô fille du Roi des pois, ce que tu souffres, ton père l'a souffert quand tu l'as abandonné. N'étais-tu pas heureuse avec nous ? Reviens avec nous et tu reverras tes enfants. »

La reine répondit : « Que me faut-il faire pour cela ?

– Redevenir telle que tu étais jadis », dirent les voix. Et alors Nicette dit :

« Ah ! si seulement j'étais encore une fois muette et idiote ! »

Aussitôt tout rentra dans le silence. Le prince fit apporter de la lumière et ouvrit la porte de la tour. Quand il entra, il vit la reine assise, et qui jouait avec ses deux beaux petits enfants ; mais elle était redevenue muette et idiote ; et le prince eut les yeux pleins

de larmes, car il reconnut qu'il avait injustement persécuté sa femme innocente. Mais Nicette, dès qu'elle aperçut son époux, se jeta dans ses bras, et aussitôt elle tomba morte. En même temps il s'éleva dans les airs un cri lamentable, poussé par tous les animaux du pays.

Le lendemain, quand on porta Nicette en terre, toutes les bêtes, tous les oiseaux, tous les insectes vinrent à son enterrement, courant, volant et rampant ; et tout le long du chemin les fleurs s'inclinaient tristement vers le cercueil : et, quand on l'eut descendu dans la fosse, les renards et les lièvres vinrent avec leurs ongles le couvrir de terre ; ils plantèrent sur la tombe de belles pivoines et de l'aubépine, dans laquelle une tourterelle et une fauvette vinrent faire leurs nids.

Le prince, dans toute sa vie, ne put se consoler. Lorsque son père mourut et qu'il devint roi à sa place, il fit jeter le beau-père avare, qui l'avait si mal inspiré, dans la même tour où avait été enfermée Nicette, et il l'y laissa mourir de faim. Les deux enfants de Nicette grandirent en force et en beauté ; ils épousèrent plus tard, la jeune fille un roi puissant, et le garçon une belle princesse ; et ils eurent beaucoup d'enfants et vécurent heureux jusqu'à leur mort.

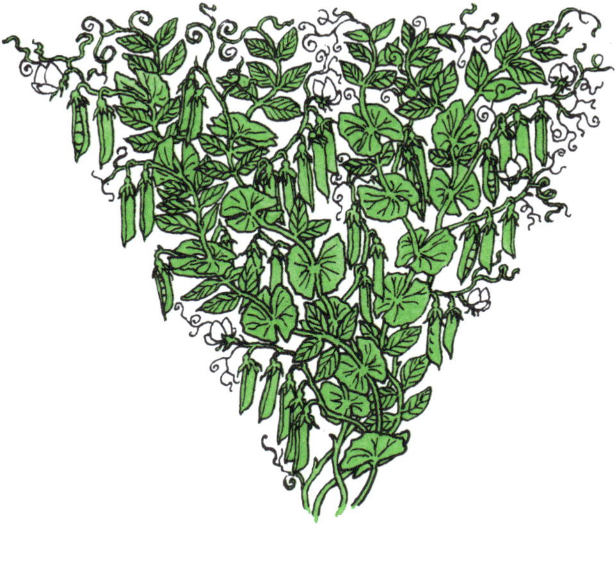

L'Homme qui ne pouvait dormir

Il y avait une fois un jeune garçon si paresseux, si paresseux, que chacun croyait que de sa vie il ne ferait jamais rien. Il avait essayé de tous les métiers, mais aucun ne lui avait plu, car dans tous il fallait travailler, ce qui n'était pas son affaire. Enfin l'idée lui vint de s'engager. Une fois soldat, il courut le monde toute une année, tourmentant les pauvres gens, pillant, mangeant et s'enivrant. Mais il se dégoûta aussi de ce métier, son capitaine l'ayant plus d'une fois puni parce que le paresseux ne se levait pas le matin au premier son de la trompette, ou parce qu'il rentrait ivre au quartier et y mettait le désordre. Un beau jour donc, il demanda son congé et s'en alla.

Comme il avait quelque argent en poche, tout alla bien les trois premiers jours ; mais le matin du quatrième, lorsqu'il entra pour boire dans une auberge, l'aubergiste le mit à la porte, parce qu'il n'avait pas de quoi payer son écot. Il s'en alla donc tout triste s'asseoir dans la prairie, et là il se dit qu'il lui serait bien égal de se donner au diable pendant sept ans, pourvu qu'il eût à boire et à manger à volonté, et qu'il ne fût pas forcé de travailler.

À peine avait-il eu cette pensée qu'il vit venir du haut de la prairie une belle jeune fille, tenant d'une main un gros morceau de pain, et de l'autre une cruche de vin.

« Où vas-tu, belle fille ? » lui cria mon affamé.

Et la jeune fille répondit en chantant :

As-tu faim ? Voici du pain.
As-tu soif ? Voici du vin.
Qui me prend pour fiancée
Aura tout à pleine cuvée.

« Ah ! grand Dieu, s'écria le soldat, s'il ne faut que cela je t'épouse, et de bon cœur.

– Une parole est une parole, dit la jeune fille ; maintenant je suis ta femme ; bois donc et suis-moi. » Et elle tendit la cruche au soldat, qui but un bon coup. Puis ils s'en allèrent tous deux par la prairie, le soldat à côté de sa femme.

Une fois en route, le soldat remarqua que la jeune fille avait le pas bien léger et une démarche bien sautillante ; cela lui plut, et il se dit : « Quelle petite femme alerte j'ai trouvée là ! » Quand ils sortirent du pré et arrivèrent dans un chemin pierreux et qu'il entendit les pierres sonner sous les pieds de sa femme, comme si on les avait frappées avec un petit marteau, il en fut content et il se dit : « Quels bons petits souliers elle a ! »

Ils entrèrent dans une grande forêt, au milieu de laquelle s'élevait une jolie maisonnette bien propre :

« C'est ici que je demeure, dit la jeune fille. Tu auras ici à manger et à boire à volonté, et, depuis le premier jour de l'année jusqu'au dernier, tu n'auras rien à faire du tout.

– Voilà tout justement ce qu'il me faut, répondit le soldat. Mets donc le couvert. »

À peine avait-il parlé que la table était déjà là, chargée de bons plats et de vins fins. Le soldat s'attabla avec sa femme : ils mangèrent et burent jusqu'à la nuit noire. Et, quand enfin ils en eurent assez, le soldat, qui était ivre, dit à sa femme :

« Maintenant, petite femme, nous allons nous déshabiller et nous coucher. »

La jeune fille commença à se déshabiller ; mais, quand elle laissa tomber sa robe, que vit mon soldat ?

deux petits pieds de chèvre, au lieu de deux pieds de femme !

« Que diable est ceci ? dit-il, ai-je donc épousé une chèvre ?

– Une chèvre ! dit la jeune fille ; es-tu donc ivre au point de me prendre pour une chèvre ? » Et elle le jeta sur le lit, se rhabilla bien vite, et sortit tout en colère de la maisonnette.

Voilà mon soldat sur le lit, et tellement ivre que tout autre à sa place se fût endormi profondément. Il n'en fut pas ainsi de lui. L'envie de savoir si la jeune fille avait réellement des pieds de chèvre, ou s'il avait été abusé par l'ivresse, le tourmentait : « Je suis bien sot, dit-il enfin, de me tracasser pour cela. Elle reviendra demain, et je pourrai m'assurer de la chose. Maintenant, dormons. » Mais le sommeil ne vint pas ; le soldat eut beau fermer ses yeux bien fort, se coucher tantôt sur le côté gauche, tantôt sur le côté droit, tantôt sur le dos : pas moyen de dormir. Il passa toute sa nuit blanche, jusqu'à ce qu'enfin il vît le lever du jour.

Il se releva alors bien fatigué, bien abattu, et se dit : « J'ai souvent vu qu'après une nuit blanche rien ne remet mieux un homme qu'un bon repas, arrosé de bon vin. » Il n'avait pas achevé sa pensée que la jeune fille entra

toute joyeuse, toute sautillante et qu'elle mit la table. Quand elle eut fini, elle dit à son mari : « À table, et vivons gaiement. » Ils recommencèrent donc à manger et à boire, toute la journée et jusqu'à la nuit. Plusieurs fois pendant le repas le soldat chercha à voir les pieds de sa femme, mais la robe tombait si bas qu'il ne put rien distinguer. À la fin, quand il fut ivre comme la veille, il se leva en chancelant et dit :

« Je crois qu'il est temps de nous coucher ; déshabille-toi. »

La jeune fille ôta sa robe et le soldat aperçut pour la seconde fois deux pieds de chèvre.

« Le diable m'emporte, s'écria-t-il, si tu n'as pas des pieds de chèvre !

– Des pieds de chèvre ! des pieds de chèvre », répondit la jeune fille en grommelant ; et, comme la veille, elle le jeta sur le lit, se rhabilla et s'en alla toute furieuse.

Le soldat resta couché, mais plus tourmenté encore que le soir précédent, et avec encore moins d'envie de dormir. Quoique bien fatigué, il ne put fermer l'œil de la nuit. « Hélas ! pensait-il, que bien volontiers je donnerais la meilleure bouteille de vin pour un quart d'heure de sommeil ! » Mais le sommeil ne vint pas de toute la nuit. Au jour, il eut faim et soif, et à peine avait-il eu le temps de former un désir que la jeune fille rentra joyeuse et sautillante, et que, mettant la table, elle l'invita à y prendre place. La journée se passa comme les autres et fut suivie de même d'une nuit sans sommeil.

Bref, pendant toute une année, la même chose arriva tous les jours. On pense bien que boire et manger ne profitaient guère à ce pauvre diable, qui ne pouvait fermer l'œil. Aussi il devint maigre comme un coq de clocher ; même à la fin il perdit le goût du manger et du boire, et, comme la jeune fille ne paraissait que quand il demandait à manger, il restait quelquefois deux ou trois jours sans la voir.

Un jour que, assis sur le seuil de la porte, il déplorait son malheur, il vit tout à coup venir à lui un petit homme gris qui lui dit :

« Bonjour, compagnon ; pourquoi te plains-tu donc si amèrement ?

– Hélas, répondit le soldat, comment ne me plaindrais-je pas ? J'ai à manger

et à boire autant que je veux ; je n'ai pas besoin de travailler ; mais, avec tout ça, je ne sais pas si ma femme n'est point une chèvre, et, ce qui me tourmente bien plus, c'est que je ne puis pas dormir ; depuis un an je n'ai pas fermé l'œil.

– N'est-ce que cela ? dit le petit homme gris ; tu as un remède sous la main. Prends-moi cette pierre, porte-la jusqu'à la lisière de la forêt ; ensuite tu viendras te mettre au lit et tu dormiras un quart d'heure ; chaque fois que tu porteras la pierre tu dormiras autant.

– Comment pourrais-je la porter, cette pierre, répondit le soldat. Donne-moi un autre moyen, car elle est bien trop lourde. » Mais déjà le petit homme gris avait disparu, sans que mon soldat pût voir où il était passé.

Au bout de quelque temps, comme le besoin de sommeil le pressait par trop, il se leva, chargea la pierre sur ses épaules avec bien de la peine et des

plaintes, et il la porta jusqu'à la lisière de la forêt. Il s'en était à peine déchargé qu'il sentit ses paupières se fermer ; et il n'eut que le temps de courir à la maisonnette, où il dormit profondément pendant un quart d'heure.

À son réveil il se sentit faim et soif, et cria : « Petite femme, petite femme, où es-tu ? » La petite femme revint comme d'habitude et dressa la table. Cependant le soldat remarqua qu'elle n'était pas aussi gaie qu'à l'ordinaire, que les mets étaient plus grossiers et le vin plus rude qu'auparavant. Malgré cela il but et mangea copieusement et se trouva de nouveau ivre à la nuit : « Au lit », dit-il à sa femme. Celle-ci, au lieu de se déshabiller, sortit et le laissa seul. Il eût bien voulu recommencer alors à dormir, mais ce fut en vain. Le matin suivant, le manque de sommeil l'avait mis si mal, si mal à son aise qu'il se décida, quelque pénible que cela fût, à aller chercher la pierre à la lisière de la forêt et à la porter jusqu'à la maisonnette. Cela fait, il dormit de nouveau un quart d'heure, après quoi il appela sa femme, qui revint aussi maussade que la veille, ne servit pas la table plus délicatement et se retira quand le soir fut venu. Et ainsi se passa encore une année : le soldat s'était si bien habitué à porter la pierre que ce n'était plus qu'un jeu pour lui.

Mais un quart d'heure de sommeil par jour ne suffit pas pour remettre un homme, et le soldat n'était guère mieux en point à la fin de cette année que l'année précédente. Il s'assit donc de nouveau sur le seuil de la porte et se mit à gémir, et le petit homme gris reparut :

« Pourquoi te lamentes-tu ? demanda-t-il au soldat.

– Comment ne me lamenterais-je pas ? répondit celui-ci ; j'ai à boire et à manger autant que je veux, je n'ai pas besoin de travailler ; mais avec tout cela je ne sais si ma femme n'est pas une chèvre, et ce qui me tourmente bien plus encore c'est que je ne puis dormir qu'un quart d'heure par jour.

– N'est-ce que cela ? dit le petit homme gris ; prends la pierre ; porte-la jusqu'à la lisière de la forêt, rapporte-la, et tu dormiras une demi-heure. »

Sur ce, il disparut. « Hélas ! pensa le soldat, porter la pierre jusque là-bas, passe encore ; mais la rapporter immédiatement, voilà qui est dur. Je vais tout de même essayer. » Et il chargea la pierre sur son épaule, la porta jusqu'à la lisière de la forêt et la rapporta, mais avec bien des ha ! et bien de la peine. Mais il ne l'eut pas plus tôt déchargée qu'il s'endormit pour une demi-heure.

Il se réveilla avec meilleur appétit qu'il n'en avait eu en deux ans, et il appela sa femme. Elle vint, d'un air plus maussade encore que l'année précédente, et mit sur la table des mets plus grossiers et du vin qui contenait moitié eau. Le soldat avait si grand-faim qu'il n'y fit pas attention, et ce repas lui fit autant de plaisir que son premier festin. Sa femme se leva et sortit avant qu'il eût fini de manger, et, grâce à l'eau qui était dans son vin, le soldat n'était qu'à moitié ivre lorsqu'il quitta la table. Une année se passa encore ainsi, et le soldat finit par trouver très facile de porter la pierre et de la rapporter.

À la fin de cette année, il s'assit de nouveau sur le seuil de la porte et dit :

« Petit homme gris, petit homme gris, si seulement je pouvais dormir une heure ! »

Le petit homme gris parut sur-le-champ et dit :

« Rien de plus simple, camarade ; porte la pierre jusqu'au-delà du chemin, rapporte-la, et tu dormiras une heure.

– Jusqu'au-delà du chemin, se dit le soldat, ah ! il m'en coûtera. » Il fut quelque temps à se décider, enfin il chargea la pierre sur ses épaules, et se mit en marche. Cela alla bien jusqu'au-delà du chemin, mais le retour fut pénible. Pourtant il en vint à bout tant bien que mal ; puis il dormit une bonne heure.

À son réveil il était presque joyeux ; tout affamé, il appela sa femme. Sa femme vint, colère comme un dragon, ferma la porte avec fracas, et ne mit sur la table que du pain et quelques navets, avec une bouteille de vin où il y avait bien trois quarts d'eau. Son mari s'était à peine attablé avec elle qu'elle se leva et s'élança dehors. Cela parut singulier au soldat, mais, comme il avait grand-faim, il ne s'y arrêta pas et se mit à manger à belles dents, bien qu'il n'eût que du pain, des navets et du vin noyé. Cette chair était si maigre qu'il ne s'enivra pas et qu'il put réfléchir sérieusement à sa position.

Une année se passa encore de cette façon ; alors il souhaita deux heures de sommeil, car une seule ne suffisait vraiment pas pour le reposer entièrement, et il était encore tout pâle et tout abattu. Le petit homme gris lui apparut de nouveau et lui commanda de porter la pierre jusqu'à la prairie : « Hélas ! hélas ! se dit mon soldat ; si cela continue ainsi, jusqu'où me faudra-t-il encore traîner cette pierre ? Toutefois, je vais essayer. » Et il porta la pierre jusqu'à la prairie et la rapporta, mais non sans peine, car il y avait bien deux lieues à faire ; mais après cela, il se coucha tout en sueur, et dormit comme un blaireau deux heures durant.

Avec quel appétit il se réveilla, on s'en doute bien.

« Petite femme, petite femme, s'écria-t-il, à manger ! »

Mais sa petite femme ouvrit la porte et, sans entrer, jeta dans la chambre un morceau de pain noir, posa une cruche d'eau sur le seuil, et disparut en jurant : « La voilà qui devient tout à fait folle », se dit le soldat ; et il se mit à manger son pain et à boire son eau, sans s'apercevoir, tant il était affamé, quelle misérable nourriture c'était là.

La même histoire se renouvela tous les jours, et une autre année se passa ainsi, après quoi le soldat s'assit une dernière fois sur le seuil de la porte et se dit : « Je suis vraiment un grand sot de me contenter de deux heures de sommeil quand je puis en avoir plus : deux heures ne suffisent pas pour me remettre tout à fait. Quoi qu'il m'en coûte, je veux dormir comme tout le monde et redevenir frais et bien portant. » À peine avait-il eu cette pensée que le petit homme gris était à côté de lui, et disait :

« Je sais ce que tu désires : rien n'est plus facile. Recharge la pierre sur tes épaules et porte-la jusqu'au lieu où tu as rencontré pour la première fois la jeune fille. » Or, il y avait bien trois lieues d'ici là : mais, sans hésiter, le soldat prit la pierre et partit.

Il faisait déjà sombre quand il revint ; il se coucha trempé de sueur et hors d'haleine, et s'endormit profondément. Il ne se réveilla qu'au lever du jour et se trouva plus frais et plus dispos qu'il ne l'avait été de sa vie ; il sentit en même temps une faim dévorante. « Petite femme, petite femme, cria-t-il, où es-tu ? Apporte-moi à manger. » Il avait à peine dit ces mots qu'il entendit une terrible malédiction retentir devant la maisonnette ; c'était sa femme qui lui répondit : « Va en chercher toi-même ! » Et en même temps la maisonnette disparut et le soldat se trouva tout seul assis au milieu de la forêt.

« Que faire maintenant ? dit-il ; petit homme gris, viens à mon secours !

– Me voici, dit le petit homme gris ; que veux-tu ?

– Voilà que je n'ai plus de toit pour m'abriter, dit le soldat ; et ma femme me refuse la nourriture. »

Le petit homme gris lui répondit :

« Ne peux-tu pas te procurer tout cela toi-même ? Ta femme, c'était le diable ! le diable à qui tu t'étais donné par paresse. Mais grâce à moi tu as appris à travailler. Va maintenant dans le monde, ne t'enivre plus, fais des travaux utiles qui te seront payés, et tu seras heureux. »

Cela dit, le petit homme disparut. Quant au soldat, il se leva et alla jusqu'à la ville voisine. Là il s'engagea chez un maçon et travailla toute une année avec tant de zèle qu'il apprit les secrets du métier, et devint maître à son tour.

Le roi qui régnait alors dans cette ville avait une jeune fille si belle que le soleil lui-même n'était pas aussi beau. Beaucoup de princes l'avaient demandée en mariage, mais elle avait déclaré d'avance que de sa vie elle n'épouserait que l'homme qui lui construirait un palais comme elle en désirait un, et comme il n'y en avait point dans le monde. Beaucoup essayèrent de bâtir ce palais ; mais, comme il y a peu de maçons parmi les princes, aucun n'était parvenu qu'à élever des constructions ruineuses. Après les princes étaient venus les comtes, puis les simples chevaliers, et ils n'avaient pas mieux réussi que les premiers.

Or, le vieux roi était très triste, car sa fille avait plus que ses vingt ans, et il eût trouvé bien dur pour lui de mourir sans la voir mariée. Il fit donc publier au son du tambourin que chacun, de quelque condition qu'il fût, pourrait prétendre à la main de sa fille, à la condition de lui bâtir un palais comme elle le désirait.

Aussitôt il se présenta une foule de prétendants, parmi lesquels beaucoup de maçons ; mais, avec quelque ardeur

qu'ils se missent à l'ouvrage, ils ne parvinrent pas à faire quelque chose de bien. Ils couvrirent trois lieues de terrain de bâtisses dont aucune ne plut à la princesse. Or mon soldat, voyant cela, songea au petit homme gris et se rendit un beau matin dans la forêt.

Comme il approchait de l'endroit où avait été sa maisonnette, il aperçut le petit homme qui lui dit :

« Te voilà donc enfin ! il y a longtemps que je t'attends ; ta bonne conduite aura sa récompense. Tu vois cette planchette ? J'y ai tracé le plan du palais que désire la princesse ; suis bien exactement ce plan et tu réussiras. » Le soldat lui rendit grâces et partit avec la planchette.

Revenu en ville, le voilà qui prend des ouvriers, et qui commence par faire déblayer le terrain et démolir les constructions que les autres avaient abandonnées. Puis il pose les fondations du nouveau palais, sur un espace d'au moins trois lieues. Le vieux roi l'apprend aussitôt : « Laissons-le faire, dit-il ; j'y conduirai ma fille quand on pourra voir un peu quel air cela prendra. » Six mois après, les murs du palais montaient déjà très haut. Le vieux roi vint un jour le visiter avec sa fille.

« Eh bien, comment le trouves-tu ? dit le roi.

– Pas mal, répondit la princesse en souriant ; l'architecte non plus ne me déplaît pas ; mais son œuvre n'est pas encore achevée. »

Trois mois après ils revinrent, car le palais était fini et le soldat avait été l'annoncer lui-même au roi et à sa fille :

« Est-il selon tes désirs ? demanda le roi.

– Tout est bien, répondit la jeune princesse, sauf un point. » Et sur ce, elle s'en retourna.

Mon architecte reprit donc sa planchette et la compara trait pour trait avec le palais ; mais, avec quelque soin qu'il l'examinât, il ne trouva point en quoi il avait manqué. Il perdit trois jours et trois nuits dans cette étude, jusqu'à ce qu'enfin l'idée lui vint d'aller consulter le petit homme gris. Il se rendit dans la forêt et dit :

« Petit homme gris, petit homme gris, viens-moi en aide. »

Le petit homme gris parut et lui dit :

« Je sais ce qui te chagrine. Tu as très exactement suivi mon plan dans la construction du palais, mais il est un point que je ne t'avais pas marqué. Il te faut encore élever, au milieu de la grande cour, une colonne de cristal sur laquelle tu placeras la pierre que tu as si longtemps portée sur ton dos. C'est afin que tu te rappelles, quand tu seras roi, de ne point passer un seul jour sans travailler. »

L'architecte retourna à la ville, heureux et content, et fit ce que le petit homme gris lui avait dit. Quand il eut élevé au milieu de la grande cour la colonne de cristal surmontée de la pierre qu'il avait si longtemps portée, il se rendit chez le roi et le pria de venir encore une fois examiner le palais avec sa fille. Ils vinrent, suivis de tous les courtisans. Aussitôt que la princesse vit la colonne de cristal, elle dit à son père :

« Tout est bien maintenant. »

Alors le vieux roi fut heureux, mais plus heureux encore était l'architecte.

Et l'on fit des noces splendides, auxquelles assistèrent sept rois des pays voisins et tous les chevaliers de la moitié du monde. Plus tard, quand le vieux roi mourut, le soldat lui succéda, et, s'il vit encore aujourd'hui, il est le plus heureux de tous les rois.

Le Moineau

Un beau matin, un moineau perché sur le haut d'une cheminée en entendit sortir un gémissement. Il entra dans le tuyau de la cheminée, et descendit par là dans une petite chambre noire, où une jeune fille d'une vingtaine d'années était assise sur un lit de paille et pleurait si amèrement que c'était pitié.

« Pourquoi pleures-tu donc ainsi ? dit le moineau de sa petite voix sifflante.

– Comment ne pleurerais-je pas ? répondit la jeune fille. Mon père et ma mère sont morts, et j'ai maintenant une méchante belle-mère qui ne veut pas que je me marie, et qui m'enferme dans cette chambre noire, afin qu'aucun garçon ne me puisse voir.

– Tu me fais pitié, dit le moineau ; pourquoi ne te marierais-tu pas ? Moi, j'ai bien ma petite femelle ; tu peux donc avoir aussi ton petit homme. Mais pourquoi ta belle-mère ne veut-elle pas que tu te maries ?

– C'est qu'elle a envie de se marier d'abord elle-même ; et elle m'enferme afin que les soupirants, ne me voyant pas, s'adressent à elle.

– Il faut que je te vienne en aide », répondit le moineau ; et il s'envola de nouveau par la cheminée.

Le lendemain le moineau becquetait du grain devant une grange ; voilà qu'il entendit un jeune valet de ferme qui étrillait un cheval dans l'écurie à côté, et qui, tout en l'étrillant, racontait au cheval ses ennuis :

« Blanc, lui disait-il, tu es plus heureux que moi ; es-tu fatigué, on te laisse te reposer ; as-tu faim, on te donne de l'avoine autant que tu en peux manger ; as-tu sommeil, je te fais une bonne litière sur laquelle tu te couches. Moi, quand je suis fatigué comme un pauvre chien, il me faut attendre la nuit pour dormir ; quand j'ai faim, je dois me contenter d'un petit morceau de pain de seigle avec du lait caillé. Encore cela me serait indifférent si seulement je pouvais me marier : mais personne ne veut de moi, parce que je suis trop pauvre. »

Lorsqu'il eut fini d'étriller son cheval, le valet regarda hors de l'écurie et

aperçut le moineau ; il prit une poignée d'avoine et la jeta dans la cour en disant :

« Il faut bien que les moineaux vivent.

– Voilà mon homme trouvé », se dit le moineau. Et, quand le valet eut quitté l'écurie, le moineau y vola, se percha sur le râtelier et dit au cheval :

« Celui-là me paraît un bon garçon : il faut que nous lui venions en aide. Il a envie de se marier : j'ai son affaire. Fais seulement ce que je te dirai.

– Je le veux bien », répondit le cheval.

Après cela le moineau vola au grenier où le valet cherchait du foin, et lui siffla : « Hans, va te laver et mettre tes plus beaux habits ; puis tu monteras Blanc et je te mènerai te marier. »

Hans descendit joyeusement l'échelle, se lava et se peigna, mit ses habits des dimanches et son large chapeau noir, et enfourcha Blanc. « Maintenant suivez-moi », dit le moineau ; et il vola en avant.

Blanc le suivit au trot, et Hans était monté sur Blanc.

Et, quand ils arrivèrent devant la maison de la belle-mère, celle-ci était à sa fenêtre et les aperçut. Le moineau vola dans la chambre et siffla :

« Sortez, mère, voici un jeune et beau fiancé qui vient justement pour vous épouser. »

La vieille courut vite dehors, mais pas assez vite pour que le moineau n'eût le temps de dire à Hans :

« La vieille n'est pas ta fiancée ; descends de ton cheval et mets-la dessus. »

Ainsi fit Hans ; et la vieille, une fois à cheval, avait la joie au cœur, pensant que c'était pour arriver plus tôt à l'église. Mais, quand elle fut bien assise sur le cheval, le moineau siffla :

« Maintenant, Blanc, va au diable avec elle ; va la noyer. »

Alors Blanc se mit à galoper ventre à terre, pendant que la vieille criait comme un ours. Mais Blanc n'en courut que plus vite jusqu'à la rivière, dans laquelle il la jeta.

Pendant ce temps, Hans, guidé par le moineau, força les portes, délivra la jeune fille et se maria avec elle. De l'argent, ils en trouvèrent assez chez la vieille, et mon Hans put dormir quand il voulait et manger ce qui lui plaisait. Et maintenant mon conte est fini ; la petite souris vient souffler ma chandelle.

abuser *(verbe).* Être abusé, c'est être trompé.
anicroche *(nom fém.).* Petit malheur.
arpent *(nom masc.).* Ancienne mesure agraire valant, selon les régions, entre 42 et 51 ares.
(en) avoir par-dessus les oreilles *(expression).* En avoir assez.

cerf-volant *(nom masc.).* Nom d'un gros scarabée muni de pinces puissantes. On l'appelle aussi lucane.
chair *(nom fém.).* Viande. On l'emploie aussi, comme ici, dans le sens de nourriture.
colère. Ici, ce nom est employé comme adjectif et veut dire : en colère.
comme devant. Ancienne façon de dire : comme avant.

compagnon *(nom masc.).* Ici, c'est le sens de camarade.
comte *(nom masc.).* Titre de noblesse qui se situe entre le marquis et le vicomte.
condition *(nom fém.).* Ici, c'est la position sociale.
cosse *(nom fém.).* Enveloppe végétale des petits pois, des haricots...
courtisan *(nom masc.).* Personne qui fait partie de l'entourage immédiat d'un prince, qui fait partie de sa cour.
crier comme un ours. Crier à tue-tête (mais les ours ne crient pas, ils grognent !).
cuvée *(nom fém.).* À pleine cuvée : en abondance.

demander son congé. Le soldat demande à rompre son engagement dans l'armée, à quitter l'armée.
désolation *(nom fém.).* Grande tristesse.
(se) donner au diable. Faire un marché avec le diable.

dormir comme un blaireau *(expression).* Avoir le sommeil profond, comme le blaireau qui dort tout l'hiver dans son terrier.

drôle *(nom masc.).* Mauvais garçon.

écot *(nom masc.).* Part à payer.

écu *(nom masc.).* Ancienne monnaie d'argent.

(s') engager *(verbe).* Dans le conte, s'enrôler volontairement dans une armée.

étriller *(verbe).* Frotter un animal, surtout une vache ou un cheval, avec une brosse que l'on appelle une étrille.

grommeler *(verbe).* Manifester son mécontentement en grondant entre ses dents.

Hans. Jean, en allemand.

il m'en coûtera *(expression).* Ce sera dur pour moi.

jurer *(verbe).* En jurant : en poussant des exclamations grossières, des jurons.

lait caillé. Lait devenu presque solide et que l'on boit ou mange sous forme de yogourt.
lieue *(nom fém.)*. Ancienne mesure de distance d'environ 4 kilomètres.

maître *(nom masc.)*. Ici, il s'agit d'un artisan qui connaît tous les secrets de son métier. On devenait maître après de longues années d'apprentissage. On dit un maître cordonnier, horloger...
malédiction *(nom fém.)*. Parole par laquelle on maudit quelqu'un, on lui veut du malheur.
manège *(nom masc.)*. Son singulier manège : son comportement bizarre.
maussade *(adj.)*. De mauvaise humeur.

Nicette. Surnom moqueur, dérivé de l'adjectif *nice,* qui veut dire niais, simple d'esprit. *Nice* n'est plus utilisé aujourd'hui.
nuit blanche *(expression)*. Nuit pendant laquelle on n'a pas dormi.

oie *(nom fém.)*. Une grande oie : une fille niaise, idiote.

(la) petite souris vient souffler ma chandelle. Formule que les conteurs utilisaient pour dire qu'il n'y avait plus d'autre histoire à raconter.

pieds de chèvre. Selon la croyance populaire, le diable pouvait prendre l'aspect d'un homme ou d'une femme, mais ses pieds étaient toujours ceux d'un bouc ou d'une chèvre.

piller *(verbe)*. S'emparer avec violence des biens d'autrui.

prétendant *(nom masc.)*. Celui qui aspire à quelque chose ; ici, les hommes qui espéraient conquérir la princesse et l'épouser.

râtelier *(nom masc.)*. Assemblage de barres de bois où l'on met le fourrage que mangent les animaux.

rougir jusqu'au blanc des yeux. Rougir profondément.

sentinelle *(nom fém.).* Soldat chargé de faire le guet.
soufflet *(nom masc.).* Ici, c'est une gifle.
soupirant *(nom masc.).* Celui qui soupire après une femme, qui lui fait la cour.

tambourin *(nom masc.).* Sorte de tambour dont on se servait dans les communes pour annoncer une nouvelle ou une loi.
tourmenté *(adj.).* Inquiet, que le tourment empêche de trouver le repos.

valet d'écurie *(expression).* Jusqu'au dernier valet d'écurie : jusqu'au dernier des domestiques.

Table des matières

Composition MAURY, Malesherbes.
Photogravure NUANCES GRAPHIC, Montrouge.
Impression AUBIN, Poitiers.
Dépôt légal : mars 1987 — N° éditeur : 14084
Imprimé en France (Printed in France) — 870239 A mai 1987.